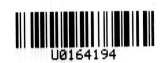

孙子兵法

第四十册

上海人民美術出版社
浙江人民美术出版社

目 录

用间篇 · 第四十册

战 例

达奚武巧扮探敌营

编文：隶 员

绘画：陈运星 王伟民
汪小玲 陈梦伟

原　文　生间者，反报也。

译　文　所谓生间，是侦察后能活着回来报告敌情的人。

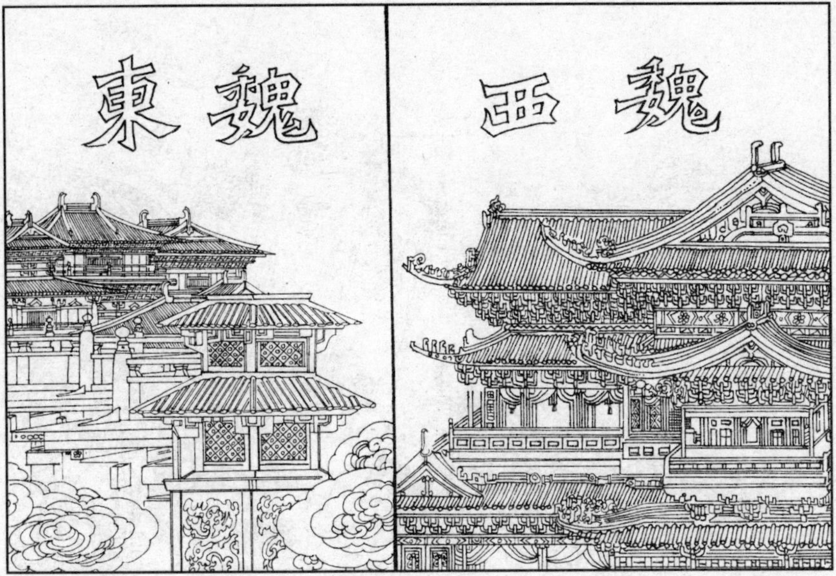

1. 南北朝时，北魏于公元535年前后分裂成东、西两魏。东魏都邺城（今河北临漳西南），为丞相高欢所控制；西魏都长安（今陕西西安），为丞相宇文泰所控制。双方不断征战，意欲吞并对方。

2. 公元537年，东魏丞相高欢亲率二十万大军直扑蒲津（今山西永济西黄河渡口），再次大举进攻西魏，并派骁将高敖曹率军三万，出河南作为声援。

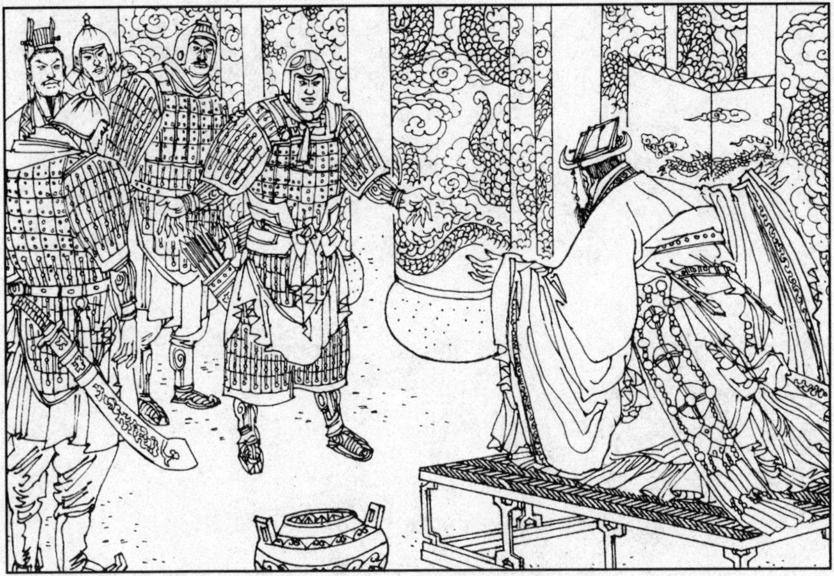

3. 当时，关中地区正值饥荒，西魏丞相宇文泰下令征调的军队都未能按时赶来，能迎战的军马不过万人。诸将都认为寡不敌众，建议放任高欢军西行，然后寻机出击。

4. 宇文泰说："如果让高欢军进逼长安，人心必然会惊恐，这样于我军更为不利，如今敌方远来新到，是完全可以打败的。"就下令整军出战。

5. 这时，高欢大军已渡过黄河，正向渭河逼近。宇文泰下令在渭河上设浮桥，命军士只带三日粮，轻骑过河。

6. 西魏大军过渭河进至沙苑（今陕西大荔南洛、渭西河之间），距高欢军六十里扎营。

7. 为了侦察敌情，宇文泰派须昌县公达奚武到东魏军营实地调查。达奚武胆大心细，智勇双全，只带了三名骑兵，身着东魏军的服饰出发了。

8. 天黑的时候，一行来到敌营百步远处，达奚武命令士兵下马潜伏在暗处。

9．东魏军将士进出大营问答的口令、对话，都被达奚武调查得一清二楚。

10. 于是，达奚武与士兵上马，答着口令来到东魏大营前说："奉丞相令，前来查营。"守营士兵恭敬地让路，放他们入营。

11. 入营后，达奚武声称是奉令查夜的警卫队，见到不守军纪的士兵不是训斥，就是鞭打。这样，走遍各营竟无人生疑。

12. 达奚武顺利地侦察到全部敌情后，又悄悄地出了东魏营地，飞马返回驻地。

13. 达奚武回营向宇文泰报告说，东魏军兵马虽众，但将军骄横轻敌，士兵不守军纪，如同乌合之众，完全可以用计击败。宇文泰听后大喜，重奖达奚武等人。

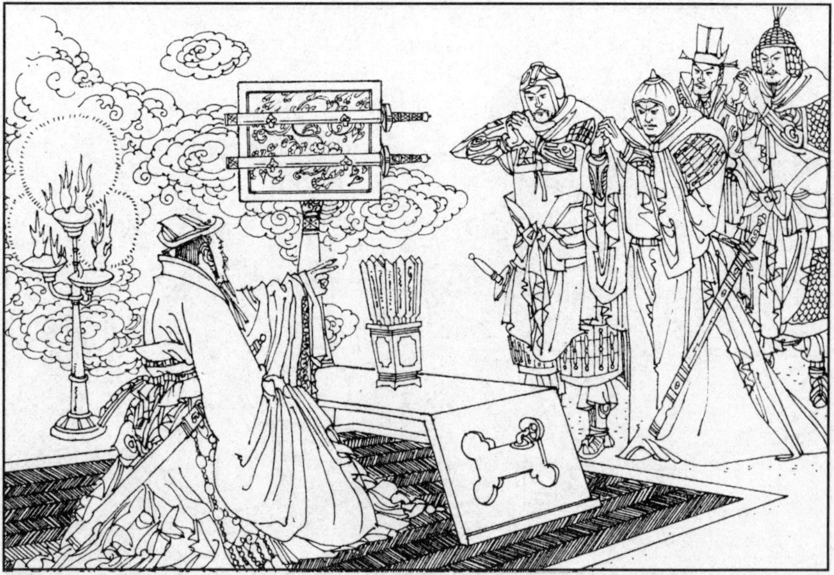

14. 根据敌情，宇文泰与众将商议决定避开平地，在离营东十里的渭曲与敌决战。命猛将精兵都偃戈隐伏在密茂的芦苇丛中，仅派小部人马背水东西列阵。

15. 第二天，高欢得知西魏前来迎战，就下令全军出击。东魏兵到渭曲，有将对高欢说：“此地苇深泥泞，大军难以用力，不如与敌相持不战，另派精兵袭击长安，巢穴倾覆，敌首不战可擒。”

16. 另有数将盛气请战说："我众敌寡，百人擒一，还怕不胜吗？"高欢同意，下令进击。

17. 两军交战，西魏军一战即败。东魏兵见对方兵少将弱，纷纷进击争功，很快就队不成列，一片混乱了。

18．宇文泰见时机已到，就亲自击鼓，埋伏在芦苇中的士兵奋起杀出，另一支骑兵也很快冲入敌阵。

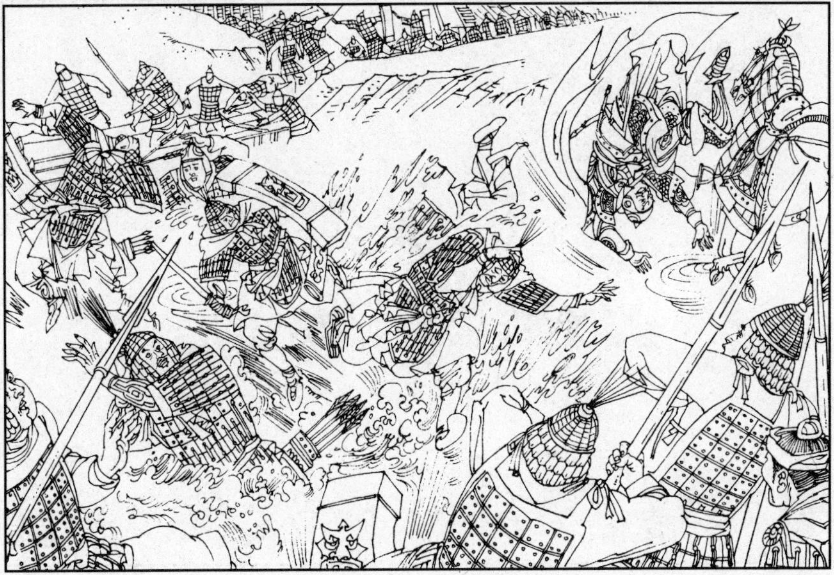

19. 东魏军猝不及防，被一截为二，大部士兵陷入泥淖中，被斩杀无数。

20. 高欢急忙鸣金收兵，令人逐营点兵，准备明日再战。回报说：“兵众都已逃散，大营都空了。”

21．高欢大惊，连夜渡河东撤。出兵河南的高敖曹得知高欢兵败也退兵返回洛阳。

22. 宇文泰返回长安，设宴庆功。这一仗，以少胜多，使东魏军损丧甲士八万。达奚武因夜入敌营，侦察敌情有功，进爵为高阳郡公。

战例

刘邦重金离间胜项羽

编文：晓　基

绘画：徐有武 徐秀美
毛伦孝 毛嘉辉

原　文　三军之亲，莫亲于间，赏莫厚于间，事莫密于间。

译　文　在军队的亲密关系中，没有比间谍更亲近的，奖赏没有比间谍更优厚的，事情没有比间谍更秘密的。

1. 楚汉战争的第三年（公元前204年）夏，楚王项羽将汉王刘邦困在荥阳城中，并切断了汉军的运粮通道。汉军补给困难，形势日趋严峻。

2. 刘邦找来护军中尉陈平，向他讨教解围计策。陈平善出奇谋，原为项羽军中都尉，因不满项羽所为，投到汉营，深得刘邦重用。

3. 陈平遂献“离间计”。他对刘邦说：“项羽得力的将相，不过范增、钟离眛、龙且、周殷数人，只要大王肯出大量钱财，施行反间计，就能使楚君臣猜疑。

4. “再说项羽为人忌才，听信谗言，必然会引起内讧，自相诛杀，汉军乘机举兵进击，必能击破楚军。”

5. 刘邦觉得言之有理，就拿出黄金四万斤，交给陈平，并说："对楚用间之事，就由你全权负责，黄金听凭使用，我不加过问。"

6. 陈平领了黄金后，广布间谍，收买楚军内奸，在楚军中到处散布谣言。

7. 一时间，楚军内流言纷传：“钟离昧等将领在项王手下功绩卓著，但始终没能裂地封王，他们将要与汉王联合，来消灭项王……”

8. 谣言传到项羽耳中，他信以为真，不再与钟离眜等将领商议军机大事了。诸将有口难辩，十分不安。

9．这时，刘邦采取缓兵之计，派使与项羽讲和。项羽岂肯答应？为借机探察城中虚实，也派使臣入城去见汉王。

10. 楚使入城，只见汉官员、侍者列队相迎。陈平把使者请入客厅，摆出上等酒宴，殷勤款待。

11. 陈平举酒劝饮，问道："亚父（指范增）派贵使前来有何见教，有书信吗？"楚使莫名其妙，不知如何回答，说："我是项王亲自派遣的使者，为何要亚父的信札？"

12. 陈平故意皱皱眉头说："哦，哦，原来如此。"说完就离开客厅。

13. 楚使正在发愣。这时，进来一些侍从，撤走好酒好菜，端上粗食。楚使一见，大为恼火，拂袖而归。

14. 使臣回到楚营，即将情况禀告项羽。项羽果然中计，怀疑范增私通汉王。

15. 范增还蒙在鼓里，他为了让楚军尽快攻下荥阳城，向项羽献计。不料项羽对他很冷淡。

16. 范增对项羽一直忠心耿耿，满想帮助他建立霸业。今日项羽这种态度，分明是对他不再信任。于是，又怨又怒地说：“天下大势已成定局，大王好自为之，请大王让我把这副老骨头带回家去吧！”

17. 不久，范增便离开了项羽，在回家的路上，背发痈疽，死在彭城附近。

18. 陈平见项羽身边最有计谋的两人，一个不受信任，一个离去，其他诸将也与项羽离心离德，认为时机已到，命令打开东门，分批放出二千多名妇女。

19. 项羽也亲自赶到城东。这时，在妇女后面，汉军护卫一辆黄顶车徐徐出城，车前插着汉王大旗，开道士卒高喊：“城中粮食已尽，汉王出城来降！”楚军兵将听后，顿时狂呼万岁，在各门攻城的楚兵也都拥向东门。

20. 项羽走上前去，只见车中坐的人面貌与刘邦不同，厉声喝道：“你是何人，汉王在什么地方？”车上的人应声道：“我乃大将纪信，大王早已离开荥阳了！”

21. 项羽下令烧死纪信，急忙赶往西门，但为时已晚，刘邦带着张良、陈平等人已突围而去。

22. 刘邦脱出荥阳之围后，就把陈平当做亲信，每遇大事必定与他商议，陈平也常为刘邦出奇计，几次使刘邦化险为夷。晚年，陈平官至丞相。

战 例

种世衡用间除二王

编文：庄宏安 陈雅君

绘画：盛元龙 励 钊

原　文　非微妙不能得间之实。

译　文　不是精细深算的人，不能分辨间谍所提供的真实情报。

1. 北宋宝元二年（公元1039年）闰十二月，鄜州判官种世衡向朝廷建议，在延安（今陕西延安）东北二百里旧宽州废垒建城，以防御西夏的入侵。朝廷同意，命种世衡执行建城计划。城成，赐名青涧城。

2. 青涧城地势险要，能攻利守。种世衡在城郊营田二千顷，又招募商人来此经商，贷给他们资金，一时商贾云集，成为边陲有名的集镇。

3. 种世衡教边民习武，边民骑射得好，奖给他们银子，免其徭役；犯有过失的，也免他的罪。因而整个地区人人自励，精于武艺，西夏兵不敢轻易犯境。

4. 西夏王李元昊有两员心腹大将：一名野利刚浪崚（líng），号野利王；一名遇乞，号天都王。两人是兄弟，各领一支精兵，经常侵扰北宋边境。种世衡想除去此“二王”，苦于一时没有办法。

5. 这时候，野利刚浪崚手下的浪埋、赏乞、媚娘三人来降。种世衡知道他们投降是假，但不说破，暗想：与其把他们杀死，不如利用他们做间谍为好。

6. 种世衡亲自接见，留他们在青涧城监管税收。出入有车马、随从，种世衡还常和他们一起交谈饮宴，非常宠爱。

7. 青涧城附近有座紫光寺，寺内有个法崧和尚，俗名王光信，骁勇善骑射，并且熟悉西夏山川道路。种世衡经常去拜访他。

8. 种世衡出兵，常请法崧当向导。因多次获胜有功，种世衡推荐他在军队里任职。法崧还俗后，改名为王嵩。

9. 一天，种世衡请王嵩到家中便宴，对王嵩说："我打算请你去做一次间谍，你愿意么？"

10. 王嵩毫不犹豫，答道："种将军的吩咐，我一定去。"种世衡说："李元昊称帝以来，击败吐番、回鹘，屡犯我边境。他手下的野利王和天都王更为猖獗，竟派人来假降。我想将计就计，除掉'二王'。"

11. 种世衡叮嘱王嵩：到西夏后，不论经受任何苦楚，决不能泄露机密。种世衡又交给他一封给野利刚浪崚的信，用蜡封好，缝在他的衣领中。

12. 种世衡把一幅暗喻早归之意的《枣龟图》交给王嵩，让他带交野利刚浪唛。临行，又秘密商量了具体对策。王嵩领命告别。

13. 第二天，王嵩又化装成和尚，动身前往西夏，一路晓行夜宿，不数日，来到野利刚浪崚的驻地。

14. 王嵩被西夏兵士抓住后，口称要见野利王，面陈机密。兵士把他带到营帐中，野利刚浪崚问道：“你是哪方和尚？来此何事？”

15. 王嵩说："我法名法崧，奉种世衡将军之命来见大王，种将军要我奉上一幅画作为信物。"

16. 野利刚浪唛接过一看，见画的是只寿龟、一株枣树，上有种世衡的落款，一时不明所以。

17. 野利刚浪崚问道："种将军让你来此，有何话说？"王嵩道："种将军说，浪埋等人来降后，种将军知大王有心归顺，特画《枣龟图》，说大王见了自会明白的。"

18. 野利刚浪唛一听大怒，喝道："你这贼秃，竟敢来此劝降，我要把你斩了！"继而一想，又感不妥，命军士把他关押起来，等候处理。

19. 此事军中顿时传开，野利刚浪崚心知无法隐瞒，传到西夏王李元昊那里，更为不利，便亲自将王嵩和他带的画一起押送都城兴州（今宁夏银川），朝见李元昊。

20．李元昊细看此画，暗想：莫非野利刚浪唛与种世衡有约，故种世衡画枣龟以劝他早日归降？

21. 李元昊亲自审问王嵩："种世衡除了叫你送来此画外，是否还有书信？"王嵩坚称并无书信。

22. 李元昊大怒，叫卫士用鞭抽打王嵩，要他供出来此目的。王嵩饱受酷刑，死不供认。

23．李元昊见问不出什么，便命卫士把他带出宫去杀了。王嵩被押解出宫，高声叹息道："竟这么白白死了，没完成种将军的大事！"

24. 执刑官一听，喝道："和尚，有话快快说来，让我禀报主上，免你一死。"王嵩这才撕开僧衣，从衣领中取出一件密信。执刑官把密信送交李元昊。

25. 李元昊见信上写道："……浪埋等人已到。朝廷知你有归附之心，表章已下，任命你为夏州节度使，望早日来归。"元昊看了此信，气得七窍生烟，立即囚禁野利刚浪唛。

26. 为了核实野利刚浪唛投宋之事，李元昊又派一名亲信李文贵，假做野利使者，去见种世衡。

27. 种世衡几经盘问，察觉此人对兴州附近发生的事，说得比较清楚；对野利驻地情况，说得相当含糊。种世衡明白了：此人不是野利刚浪崚派来的。

28. 恰好此时宋军俘获了西夏兵士数人，种世衡叫他们扮做侍者去馆驿瞧看。俘虏中有一人认出了这人是李元昊心腹官员李文贵。

29. 种世衡一听，正中已怀，便将计就计，热情接待。李文贵告诉他：法崧和尚已到野利王军中，野利王有了赠画，不知何意，请种将军赐教。

30. 种世衡要他回去告诉野利刚浪崚，说浪埋等来降后，夏主元昊已怀疑到他，劝他早日归顺，免生祸殃。

31. 李文贵临行，世衡又送了他很多金银珍宝，请他转交野利刚浪崚。

32. 西夏王李元昊果然中计。不久，传来消息，李元昊已将野利刚浪崚处死。

33. 西夏王李元昊杀了野利刚浪崚，对他的兄弟遇乞也不再信任，免了他的职务，后来也借故杀掉了遇乞。

34. 不久，西夏与宋议和，李元昊将关押的王嵩释放。王嵩因冒死离间了西夏君臣而立了大功，到京城做了官。

战例

高仁厚反间平阡能

编文：安　迈

绘画：钱定华 韵　芸

原　文　必索敌人之间来间我者，因而利之，导而舍之，故反间可得而用也。

译　文　必须搜查出前来侦察我军的敌方间谍，从而收买他，优礼款待他，引诱开导他，然后放他回去，这样“反间”就可以为我所用了。

1. 唐僖宗中和二年（公元882年）三月，邛州（今四川邛崃）牙将阡能因公事违期害怕处罚，发动叛乱，驱掠百姓，攻陷城邑，横行于邛、雅（今四川雅安）二州间，部众多达万余人。

2. 西川节度使任命押牙高仁厚为都招讨指挥使，前往讨伐。部队出发前一天，有个卖面的小贩挑着担子来到高仁厚军营中，东张西望，自晨至午，前后四进四出。

3. 巡逻的士兵见他形迹可疑，就把他抓了起来，一审问，方知是阡能派来侦察军情的间谍。

4. 高仁厚听说，给他松了绑，和颜悦色地询问。间谍说：“我是村中百姓，阡能把我的父母、妻子全都关进了监狱，逼迫我来侦察军情，否则就全家处死。我并非心甘情愿做这种事。”

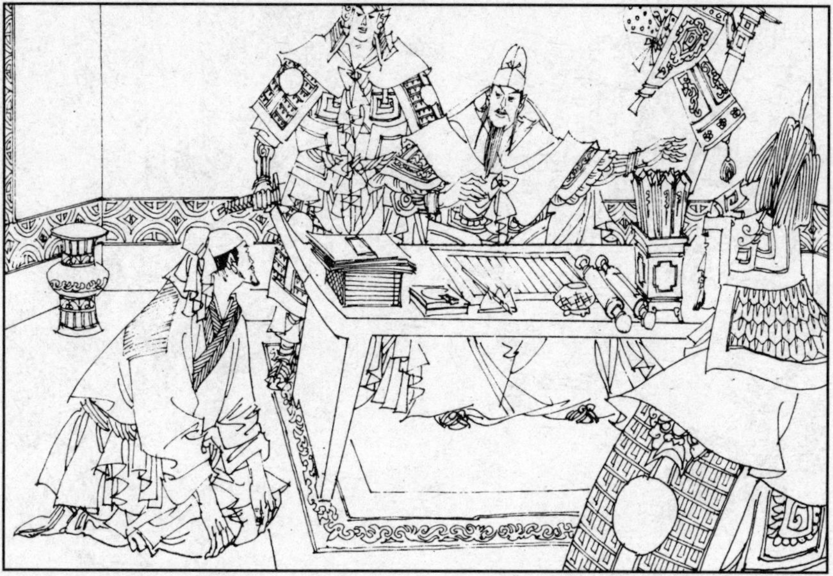

5. 高仁厚道："既如此，我怎能忍心杀掉你呢？现在放你回去，搭救你的父母、妻子。可有一条，我救了你一家，你应当替我也办一件事。"高仁厚把自己的要求对他说了。

6. 那间谍一听，连连点头允诺。高仁厚于是就放走了他。

7. 阡能闻报间谍回来，连忙传见，询问任务完成得如何。间谍便按照高仁厚教他的话说："高仁厚的军队明天出发，只带五百人。"阡能当下夸奖一番，让他等待打完仗后领回家人。

8. 间谍退出来后，又按着高仁厚的吩咐，来到各个营寨悄悄告诉那些被迫起事的人，等到高仁厚发兵到来，只要他们放下武器投降，便可以释放他们回家去安居乐业。高仁厚所要杀的，只有阡能等五名为首分子。

9. 第二天，高仁厚率兵到了双流（今四川双流）。阡能得悉后，便派部属罗浑擎在双流以西立下五座营寨，并在野桥箐设伏兵千人，准备袭击官军。

10. 高仁厚侦知后，就又派遣士兵换上百姓衣服混入对方营寨，将昨天间谍说过的那些话讲给对方士兵听。

11. 那些士兵实际上都是百姓，并非真心愿意起事。现见间谍对他们说的话应验了，高兴得大喊大叫，连忙脱掉军服、丢下武器前来投降。

12. 高仁厚一面抚慰他们，一面叫人在他们背上书写“归顺”二字，并让他们回去告诉寨中未降的人。

13. 营寨中剩下的那些士卒便也纷纷争着出来投降。罗浑擎一见情形不妙，就翻过壕沟狼狈逃跑，结果被他的部下捉住押送到了高仁厚面前。

14. 高仁厚命令给他戴上械具，押回省城。同时又下令烧掉了五座营寨及一切军事设备，只留下旗帜备用。

15. 次日，高仁厚把这些降兵分为五十人一队，每队举起一面倒系着的罗浑擎的军旗，让他们走在队伍前面，向穿口（今四川新津）而去。

16. 到了穿口，这些降兵便依着高仁厚的话，一面挥动旗帜一面高喊："罗浑擎已被活捉了！大队官兵马上就要到达，你们赶快像我们一样投降就没事啦！"

17. 阡能的部将句（gōu）胡僧在穿口设有十一个营寨。寨中士卒一听争相奔出投降。句胡僧大惊，挥剑阻止，被投降的士卒用瓦石攻击，活捉了献给高仁厚。

18. 由于有间谍的先头宣传和先降者作榜样，叛军军心彻底溃散，高仁厚又轻易招降了新津、延贡和阡能大寨的乱兵。阡能被俘，其余两名首领自杀。高仁厚善用反间，出兵仅只六天，就平定了阡能的叛乱。

战例

商汤上智为间灭夏桀

编文：杨坚康

绘画：戴红杰 魏 征
丁曾游 孙佳夏

原　文　明君贤将，能以上智为间者，必成大功。

译　文　明智的国君，贤能的将帅，能用高超智慧的人做间谍，一定能建树大功。

1. 在黄河下游的河南、山东一带，生活着华夏民族中的一个部落——商。传说商的祖先契（xiè），曾跟禹一起治理洪水，因功封于商地而得名。

2. 到公元前十六世纪初，商传位到成汤时，虽然还附属于夏王朝，但已是东方最强大的诸侯部落了。

3. 成汤相貌出众，处事很有心计。当时，夏王朝已由历史上有名的暴君桀执政，国内君臣离心，百姓骨肉分散，成汤有志取而代之，为了西进方便，就迁都到亳（bō，今河南郑州附近）。

4. 成汤迁都后，内修国政，广纳贤才。一日，成汤在树林中，看见一位老人正在设网捕鸟，嘴里喃喃祷告："愿天下四方飞来的鸟呵，都落入我的网中。"

5. 成汤说："唉，这样不是把天下的鸟都网尽了吗？"说完，他收起老人的三个方向的罗网，只剩一架，也祷告道："天上的鸟呵，想左，就往左飞；想右，就往右飞；不听命令的，才钻入这网里。"

6. 臣民得知后，都啧啧赞叹："大王对禽兽都如此仁慈有德，何况对国民呢？"于是四方来投的贤人志士越来越多。

7. 在成汤妃子的陪嫁奴仆中，有个叫伊挚的奴隶，后来因成为商的大臣“尹”，后人称他为伊尹。伊尹通晓尧舜之道，又善于运筹策划，有心扶助成汤，成汤就找他谈论天下形势，他劝说成汤伐夏救民于水火之中。

8. 成汤听他分析透彻，方略精到，与自己心中所想的不谋而合，不禁暗喜。但又考虑到夏王朝毕竟为中原共主已四百余年，不知其虚实，因而不敢轻易说出自己的想法。

9. 伊尹见成汤不语，知道成汤还有所顾忌，又说道："要灭夏，必先知夏，在下愿意入夏都察看夏政，侦察中原地形。"

10. 成汤大喜。伊尹轻声说道：“为使夏王信我，大王可以如此……”

11. 第二天，有士兵来报告成汤说："伊尹逃出城奔夏。"成汤故作大惊道："有这等事，快快追捕。"

12. 待成汤率士兵追出城，伊尹已逃远。士兵举箭要射，成汤阻止道：“让我亲手来射死这叛逆！”

13. 成汤取弓箭，瞄了许久，一箭射去，不中，要再射，伊尹早已跑得没影了。

14．伊尹到了夏都斟鄩（今河南偃师南），夏桀见他办事能干，谈吐不凡，又是一个被成汤追杀的人，就信任他，让他在夏做了官。

15. 伊尹在夏，目睹了夏王桀的残暴与荒淫，百姓生活的悲惨。夏桀与他的宠妃妹喜，终日寻欢作乐，宫中酒池上可行舟，吃喝的人竟醉而溺死在酒池中。

16. 民间百姓则苦不堪言，无休止的劳役，无度的赋税，使国民饿死大半。

17. 夏桀却还以天上的太阳自诩。国民都朝着太阳咒骂："时日曷丧，予与汝皆亡。"就是说，你什么时候灭亡，我愿意与你同归于尽！

18. 有个叫关龙逢的大臣进宫将百姓的怨言告诉夏桀，并劝谏说：“要爱惜民力，民安则国安！”

19. 夏桀勃然大怒，斥责关龙逢是谎报民情，诅咒君王，当即喝令武士将他斩首。

20. 夏桀为了证实自己的威力，召集天下诸侯，征伐西方的岷山国。岷山国君知道夏桀残暴、好色，赶忙献上两位绝色美女，一个叫琬，一个叫琰。

21. 夏桀见到两位如花似玉的女子，喜不自禁，立即撤军回都城。

22. 有了琬、琰两位美女后，夏桀就把曾宠爱过的妺喜冷落了。妺喜本来就是被迫进宫的，如今失宠，更是嫉恨不已。伊尹乘机与她结交，取得了她的信任。

23. 三年后，伊尹对夏王朝内部情况已了如指掌，于是回到商都。成汤见他守约回来，大喜，遂封他为右相，策划灭夏大计。

24. 成汤问计于伊尹："国内粮食不足，该怎么办呢？"伊尹说："桀不忧天下，钟鼓女乐就有三万，且都穿着文绣衣裳。我们亳都中有很多女子擅长刺绣，可组织起来搞刺绣，绣一匹的报酬可得粟百钟（古量单位，每钟六十四斗）……"

25. 成汤依计办理。数年后，夏王朝更加穷困，而商却仓廪充足。伊尹又让成汤把多余的粮食救济一些百姓濒临死亡的诸侯国，于是，到处传诵着成汤的“仁慈”，各诸侯国纷纷归附于商。

26．夏桀越来越感到商对他的严重威胁，就传令召汤。成汤一到夏都，就被夏桀囚禁在夏台（今河南禹县南）。

27. 成汤被囚，各诸侯国君主都愤愤不平，斥责夏桀无理。

28. 商部落内一片混乱，众大臣都责怪主张让成汤赴夏都的伊尹。

29. 伊尹胸有成竹地说："商臣属于夏，如奉召不去，岂不是抗旨不遵，桀王聚兵征讨，那不是让百姓遭殃。今大王被囚，我自有解救之计，众大臣不必忧虑。"

30．伊尹带了大量的珍宝和数十名美女，亲自送到夏都。夏桀见了那么多的美女和财宝，气就消了一半。

31. 伊尹又目示在旁的妹喜。妹喜就说道："商也是大王的属国，成汤替大王赈救饥民有功，应该奖励。"

32. 妹喜此时的地位虽不及琬、琰二人，但对她的话，夏桀还是愿听的，就传令赦免成汤。

33. 妹喜又悄悄对伊尹说："今日大王得梦，梦见西方有日，东方也有日，两日相斗，西方日胜，东方日不胜。"伊尹已知妹喜暗示可发兵攻夏，遂躬身告退。

34. 成汤与伊尹归国后，首先以葛伯放纵无道，不祭祖先为借口，灭了夏在商都附近的盟国葛（今河南商丘西）。

35. 公元前十六世纪初，商终于发起灭夏战争，先后剪除夏王朝的羽翼——韦（今河南长洹北）、顾（今山东鄄城东北）、昆吾（今河南郑州东南）等国。

36. 然后，成汤立即向伊洛地区进军，直捣夏都斟鄩。夏桀无力抵抗，不战而逃。

37. 成汤率军追击，在鸣条（今山西安邑北）击溃夏军。夏桀仓皇逃入中条山（今山西南部中条山），后死于山中。

38. 夏桀死后，夏王朝灭亡，成汤建立了商王朝。成汤开创了上智为间的先河，并成效卓著。伊尹也因功而成为成汤的重要辅佐，在商王朝中执掌重权，历经三代五王（成汤，成汤子太丁、外丙、中壬，成汤孙太甲）。

中国历史年代简表

夏		约公元前21世纪——约公元前16世纪
商		约公元前16世纪——约公元前11世纪
西周		约公元前11世纪——公元前770年
春秋		公元前770年——公元前476年
战国		公元前475年——公元前221年
秦		公元前221年——公元前206年
西汉（注一）		公元前206年——公元23年
东汉		公元25年——公元220年
三国	魏	公元220年——公元265年
	蜀	公元221年——公元263年
	吴	公元222年——公元280年

西晋			公元265年——公元316年
东晋			公元317年——公元420年
十六国			公元304年——公元439年
南北朝	南朝	宋	公元420年——公元479年
		齐	公元479年——公元502年
		梁	公元502年——公元557年
		陈	公元557年——公元589年
	北朝	北魏	公元386年——公元534年
		东魏	公元534年——公元550年
		西魏	公元535年——公元557年
		北齐	公元550年——公元577年
		北周	公元557年——公元581年

隋		公元581年——公元618年
唐		公元618年——公元907年
五代十国	后梁	公元907年——公元923年
	后唐	公元923年——公元936年
	后晋	公元936年——公元946年
	后汉	公元947年——公元950年
	后周	公元951年——公元960年
	十国	公元902年——公元979年
北宋		公元960年——公元1127年
南宋		公元1127年——公元1279年
辽（注二）		公元916年——公元1125年
西夏（注三）		公元1038年——公元1227年

金	公元1115年——公元1234年
元（注四）	公元1271年——公元1368年
明	公元1368年——公元1644年
清（注五）	公元1644年——公元1911年

注一：包括王莽建立的“新”王朝（公元9年—公元23年）。公元23年，新莽王朝灭亡。公元25年，东汉王朝建立。

注二：辽建国于公元907年，公元916年始建年号。

注三：西夏赵元昊于公元1032年为夏国王，公元1038年称帝。

注四：元建国于公元1206年，公元1271年定国号为元。

注五：清建国于公元1616年，初称后金，公元1636年改国号为清，公元1644年入关。